悪意 Q 47

尾久守侑

思潮社

悪意Q47

尾久守侑

思潮社

それは、こんな顔ではなかったかい？
振り返った残像が
いくつも折り重なって
悲鳴をあげる、ふりをした
みたいものをみてしまうから
言葉を奪ってほしいです

坂道をにげながら誰かに言う
表と裏の顔なんてもんじゃない
この顔は、表裏表や、裏裏表の
思い出せないことばかりだ
わたしは
大切な人たちから
顔を奪いました

裏表裏

表表裏？

裏表　表裏？

表表表　　裏表

裏　　　わたし、

なにを言っているんだろう
奪った罪はちゃんと跳ね返ってきて
そして二度と戻らないのだ
化け物でもみたかのように
口元から、でたらめがこぼれる日

表裏裏

裏表裏？

表裏？

表

なにかを言おうとして

誰かも思っていることしか言えなかった

目次

Mujina 4

*

悪意Q47 14
脱出物語 18
しろいひとたち 22
遠泳家族 28
反故 32
アド・バルーン 36
日向坂の敵討 42

明日　46
大人の地層　50
ＳＳＷなんてきらいだ　54
転がっていく　58
片足　64
オレンジに流れていく　68
信じる世界線　74
銀河教室　80

＊

Sauve qui peut　86

装幀＝奥定泰之
装画＝浦上和久

悪意Q47

悪意の輪郭は摑めない

悪意Q47

いっぱいなら許せよと首を刎ねた棗の村でしろく敷き詰めた大売りの大麻に、悪意Qの痕跡を残して下手から去る。ほんとうは夏、はじけて、海、装う意味だったのに、上京して攪拌されたネロネロのあじが糸をひいて花札を、棄てるように、くりかえし、そのひとを棄てたのだった。罪業感があれやこれやの顔をしてバッくれる。時限付きの間諜がしんだ。無味のそのひと抗体を求め、わたしはQそのものになった。海がみたい。車種に関わらず響く radio drama に正解がない。最高の仲間のなかで埋もれて燃える。舎利を固めに頼むよと遠征した日の one night, two night が再燃して鉛になる。濃すぎる面子が笑う日は悪意Qが跋扈して tonight をあっという間に昨夜にした。港の方までそうだろう。異業種が交流電源に接続すると世界の交差点は一斉に輝く。one night, two night を安易にひとに語るなよ。

港まで歩いて行くと港区になる。それが厭なら自殺したらと、劇場前で劫罰念慮が園児の列を率いている。にげてください、Q、監督が声をかけるとセットがバタンと倒れて、鍵括弧付きの夜でしたか、と業界人が境界不明瞭になる。悪意Qの仕業だ、辺りは茜空の昭和に戻って人々が逃げ惑う。アドバルーンでQという文字が大人気になる。みつけてはならない、銀河教室では先生を名乗る鏡文字が不道徳な教育を施していた。

膝立ちで慌てふためく他人を短時間で晒すオジン。嬢を伴い額面通りを北に歩く。外苑にふたり連れが犇いて、また短時間で晒される。指名手配めいた顔で善行と悪事を往還し、その時だけは妙に精悍に映る。架空の宿場町でQ部屋に押し入り、罰を受けつつある者を除いて。

いっぱいなら許せ。丸窓の陰に並べた尺骨を持ち去り、代わりにシラントロを装って退行する。棄てた日をおぼえているか。実名でもぎとったobakeがみずを吸って重さを増したことを。いっぱいなら。首のないひょろひょろが穀物に混じってヘンなことをいう。カレンダーを捲ればまた港区が近づいて。

樽廻船に戻りたい。願って消滅していった星座を四十七個つないで英国譲りの偽名を付けた。むかし走った坂道の思い出に、マジックで大きく名前を書いて放てば、一歩一歩踏みしめるリハーサルのない港に向かってよろぼいあるく姿をみせた。放映はしない。肝心なときに映像はいらない。空まで続く組体操の小学生を横切りながら、いつかQのない意味のなかをきみは駆け抜ける。

脱出物語

脱け出せなくなっているのが俺ですと、明日の俺が云った。なんでも爽やかにしてしまう癖が災いして、よかれと思ってやったことが不興を買ってしまったのだ。「見え透いたことを……」看守は監視カメラのあちら側でわかりやすく呆れている。助けを求める俺の声は、画面の向こう側には伝わらない。

看守も脱け出せないと知って、思わずほころんでしまった口元を、布団で隠してももう遅い。おまえいま笑っただろう、無数の声を浴びながら、刑期がのびたという知らせが何度も通達される。俺の罪はなんだ。がらがらがらん、天井から大きな音がする。「いまのはおまえが出したNGでセットがバラバラに壊れた音だ。おまえのせいでいつまでも家に帰れないのだ。」館内放送で俺のミスが皆に知らされる。何もひとに云わなくてもいいだろう。ひとりごとが不服とみなされて、移送された部屋は全く同じ部屋だった。

罰を下してくださいと、頭をさげたそばから左手でリズムをとっていた。罰なんて本当は下されないと知っているからだ。「おい、めしのじかんだ、さむくはないか、こんやはよく冷える」やさしくて評判の看守だって、ひとの言葉で喋る化け物の一人だ。誰も信用できないけれど、誰かに信用してもらうには誰かを信用しないといけない。そういう意味のスプレーアートを駅に描いた罪で、俺は逮捕されたことになっているらしい。こんやはよく冷える。

フィールズ賞受賞おめでとう！　カナが俺の首に抱きついた。ふたりのアパートで、ろうそくの火を消す。でもよく考えればカナなんて女は知らない。夕方にうっかりみる夢はいつも奇想天外で、こんな夢ばかりみているから、収監されているることにいつまでも満足できないんだろう。「おい、ふろだ」誰にも云われていないのにそんな気がして、実際ふろの時間だったりすることが最近やたらと増えてきた。

おまえの罪はなんだ。明日の俺が云った。俺の罪は俺の罪がよく分かっていないことです。放った言葉は昨日の俺に伝わって、その言葉は昨日の俺から一昨日の俺に伝わっていく。その先のことは考えたくもない。性的な主張を一方的に話すテープレコーダーを布団の中に隠して、俺は壁伝いに過去へ向かうのだ。派手にやってくれたな。看守が脱け出せない淫夢に応答している隙に、俺はここから脱出していく。

しろいひとたち

いつから一人だったのか思い出せない昼の道は作り物のように明るくてバス停まで歩くと背中まで汗で濡れてしまう。早退は案外楽ではなくて早退するならほらほらこれもこれもと目の前に積み重ねていく男の匂いがきつかったことを思い出してほうほうのていでようやく退社したことなどこのバスの乗客は誰も知らない。

つぎは、安中散病院前
つぎは、安中散病院前

ひとりでに知らないバス停を通過する。安中散という漢方を昔のんだこと、その時処方した内科医の右手首の血管、あの病院のバス停はなんという名前だったかもう覚えていない。このバスはどこへ向かうのだろう。そう、わたしは早退をしたのだ男に嫌味を言われながら仕事を放擲してのっぴきならない事情があるんです今すぐに行かないといけないから申し訳ないのですが。

つぎは、安中s病いnmえ
つぎは、安中s病いnmえ

不明瞭な機械の声は男のものだか女のものだかわからないこういうバスの声は女の声と決まっている確かにさっきは女の声だったのにと強く思ったあと自信がなくなる。バスの中にはわたし一人しかいなくてそれは会社でもそういつから一人だったのか思い出せない昼の道は作り物のように明るくてバス停まで歩くわたしがバスに乗り遅れる姿をわたしは車窓からみていた。

つghあ、安中s病いnmえ
つghあ、安中s病いnmえ

まだ昼なのに外は真っ暗になってしまって昨晩の残業の記憶が繰り返すこんなミスふつうはしないよねこれなら機械にやらせたほうがましだよ仕事に責任をもとうね男の匂い男の匂い。わたしは責任などもちたくないのです安中散がのみたいのですあの内科医が血管を滾らせながらパソコンにうちこんだ安中散あの血管をすっと刃物で切ったらどうなるだろうかこのバスが血だらけになってしまうだろうかここにはわたししかいないのにしごとのできないわたししかいないのに

わっはっはっは
きょう笑った奴の真似
わっはっはっはっは

こんなに暗いのに窓の外では大勢のひとが笑っている
しかしその声は遮られてバスのなかまで聴こえない

tう gh、安 chゅ sgs 彌奴え
tう gh、安 chゅ sgs 彌奴え

祭囃子の音。しろいひとたちがこちらに手招きをしている。携帯でなにかをはなしている。その腕の血管がうきでている。いかなければいけないい降りてはいけないいかなければいけない降りてはいけないわたしはいかなければならないのだその腕の血管をきって安中散をのむのはわたししかいないのだ

エッ、エッ、エッ、エッ、エッ
エッ、エッ、エッ、エッ、エッ

わたしをかつぐしろいひとたち
ハイヒールが、さかさまになっていた
太鼓の音
炎

　エッ、エッ、エッ、エッ、エッ
　エッ、エッ、エッ、エッ、エッ

わたしはなにものでもないのに
やくにたたないひとなのにありがたいね
てくびが宙をまう
手足が、そこいらに散らばっている
血で、すべらナイようにしてくだサイ
貼り紙がしてある

わたしもいまからあそこにいく
わたしがいけばだれかがたすかるならわたしはあそこにいきますから
そうすればわたしは

エッ、エッ、エッ、エッ、エッ
エッ、エッ、エッ、エッ、エッ

そうすればわたしは、ゆるされるのでしょうか

しかしその声は遮られてバスのなかまで聴こえない

遠泳家族

泳ぐものはなにか。息切れを感じる夜道に踏んだ枝の断端にちぎれた家族写真がなびいている。棲む一家の肖像、汚れた手を置かれた子の肩から放散する記憶を野放しにしていた。残飯のビニルに触れる雨の残響。

緊急通報……緊急通報……寝言で見紛う子の、落ち葉が燃えるような鮮やかさに目が乾く。ふれあいの球技には交わらない休日、あなた……明後日の方角に手を振る妻。電灯もないのに現れた影がごう、と音を立てて応える。半地下の予感に同じ回数だけ振り返る。

流れる雨水は濁流となり、夜を引導して生ぬるい。反射する窓に多幸的な一家が映ったようにみえて一瞬殺気立つ。屋内にいれば濡れることもないのに……癇に障る見逃せない声、ひときわ酷い雷に下水は溢れ、膨張したおとこの顔が平べったくなる。

子らの分化を見届ける誕生会の失敗。団地の窓から顔を乗り出し、紙のケーキを無闇に作る。その傍らでじぶんの影と抱き合う妻。こんなことになっちゃって、あなたのせいね。くぐもった声が浴室から聴こえると、頸静脈がみるみるうちに鬱滞してしまう。からだがペテン師のようだ。

泳ぐものはなにか。向かいのマンションの窓に映る妻とその影、示し合わせたようにうっとりした声が降ってくる。双眼鏡を下ろして眺めた県道に墓標が幾つも走る。ひとつひとつの名前はそのスピードで読めず、音は止んだ雨を散らしてい

く。網膜で白くなる残像の家族写真。あなた、妻の口が動く。降ってくる。もうたくさんだ。降ってくる。そして、

みぞれ……

かぞく……

なみだ……

僅かな酸素を求めて漂う風船を、正義のもとに割っていく。浮かべなかった子らも一人ずつ。いま、ささくれから忘れていく夜道を、みなで犯罪者として泳ごうか。下水道に大小のサンダルが浮かんでいるのを、豪邸の壁画になって何千年もみていた。

反故

市大の学生さんが遊びに来るというので、昼過ぎから予定を空けて待っていた。午を食べたあと暫く眠って、はっと丸窓から外を覗くと日がもう沈みかけていた。寝過ごすことは滅多にないので、無闇に立ったり座ったりして落ち着かない。妻をよぶと、皆帰ったという。私がいなくて随分残念がったろうねと云うと、なにをおっしゃるんですか、あなた散々話をして、それで厭になってみんな帰ったんですわなどと云う。

寝ている間に死ぬのはしばしばあることらしい。私もどうやらそうらしく、学生たちが喪服を着て我が家にやってくるのが判った。こんちは、僕ら弔問に来ました。先頭の青年が見たこともないヘンな顔をして云った。まあまあ、妻がスリッパを人数分みせると、後ろのほうからもどしどし学生が玄関に押し寄せてくる。どれも知らない顔らしい。先生には、たいへんお世話になりまして。後からやってきた坊主の学生が追従を云って、妻のほうをチラチラ見た。妻は妻で、まあまあ、などと云いながらこの坊主をチラチラ見ている。そういうことかと思った。

死んでしまう系統の一家というのがあって、ゆきという学生はそういう家に生まれたそうだ。ゆきは教官室に勝手に這入っては、死んでしまいます、わたし、死んでしまいます、と青ざめた顔で云っていつも私を困らせた。馬鹿なことを。絶句して何を云おうかとくるくる考えていると、ラップトップに遺影が点滅して、あっけなく死んでしまった。ゆきは夏の間だけここを訪れたので、私にとってはゆきという名前は似つかわしくないように思われた。かといって、別の名前を付けるという訳にもいかない。

妻が急いで何処かに往くらしい。私はそっと後をつけた。坊主の学生と会うのだろうと見当をつけて、信じてる信じてると節をつけて歌った。ひょろひょろの子どもが不気味な声で真似をして付いてくるので大声を出して追い払った。日がすっかり暮れて仕舞っても、妻は何処にも立ち寄らず歩き続けるので、気味が悪かった。あ、先生。気がつくと私は自宅の前におり、すっかり葬式の最中であった。自分の死んだ後はどういう具合だろうとひょいと居間を覗くと、学生たちがゆきの遺影の前で合掌している。今夜はガパオライスよ、場違いな明るい声で妻が云って、背中に冷たい風が吹くような心地がした。

八景から六浦のほうに歩いていくと、ゆきが夏の装いでこちらに来るのが見えた。私はむしょうに嬉しくなって、声を掛けようとしたが、牛のような唸り声しか出なかった。気付かずにゆきは去ってしまって、もう会えないのだとようやく判った。私は死んでしまう系統ではないが、別れることからは逃れられないのだ。教訓めいた言葉にひとりで興ざめしていると、新宗教の人々ががやがやと声をかけてきて、彼らのお参りに付いていくことになったので、その日は学生さんたちとの約束を反故にしてしまった。

アド・バルーン

夏目坂を半分も下ると空は茜色に染まって、わっとはしゃぎながら記憶が駆けていった。笑いながら母親たちが後から坂を降りていくのはありふれているが、大概はそこで意味を見失ってしまう。

ひとりで歩いてはいけない　注意されたことを
こんどは注意している　いつまでも可愛いわけではない
興味をうしなってしまった人形　桃を剥いてやるとでも喜ぶ
右や　左に傾いては　妙に安定していたりもする

ここに現れてはいけないもの　忘れていた宿題の通知
三十年経って　ポケットを揺らす

わあわあと騒いでいる記憶らは、一瞬の隙に茜空から降りてきた怪人に連れ去られてしまう。いまどき珍しいアドバルーンだなあと、懐古趣味の大人を油断させて、その実はなにも宣伝などしていないのだ。考えてもみれば動画の配信という手段もある。だのに、あんなに大きな熱気球、飛行船、適切に名指すことのできない時代に、奪われてしまう。

さらり　さらり　さらりらさらり
白米と　玄米に違いはないが
肯定せずに　ランチが終わることはない
さらりらさらりら　さらりさらりら
心地よいものは　ひとりでつくりあげるもの

怪人だって教育をする　極めて魅力的な
それでいて　顔をしかめたくなるような
さらりらさらり　さりらりら

着信のメロディが発着のメロディに聴こえて、は、と窓から出発ロビーを見渡すと、濃い夕方がはじまっている。とびのって、ほら、とびのって。なかなかトイレがでない子だけに聴こえるアナウンス。学校にはいかなくてもいい、宿題もしなくてもいい。わっとはしゃぎながら記憶が駆け抜けていき、また母親になる。とびのって、ほら、とびのって。怪人の顔をした、振動、そうはさせない。

忠臣蔵
のようなものが　込み上げてくる
自動的に賢くなる　いつしか注意されない
うそは　ついてはいけないのに

さらりらさらり　さらりらなんて
うそ　を教えないで　記憶にまぎれこんで
さらり　さらり　さらりらさらり
ここまでは　許すことができても
さらりらさらり　さらりらなんて
しってる　けれど怪人の飛行船
さらりらさらり　いかないでほしい
ここに現れてはいけないもの　さらりら
忠臣蔵
のようなものだ　息を止めている

早稲田通りに空のバギーをならべている。茜空に二、三のアドバルーンが浮かんでいて、そのひとつひとつが懐かしい振動の軌跡だった。座席から立ち上がって手を振る怪人に、わっとはしゃぎながらこの坂を駆けたり、ある日は名指すことができない飛行船を想って、泣いたり笑ったりしてここまで来たのだった。三十年たって後から下っていくのは、つきあたりを見失うためだったのだと、チョークで描いた矢印の先を眺めながら考えていた。

日向坂の敵討

ほんとうは敵など討ちたくなかったのですが、討つことがよいとする向きもあり、仕方なく朝ごはんのパンにジャムをぬったらすっと透明にすけてしまって、でも今朝のうらないはしろ色でした。お母さんが、ダンスのまえに食べちゃいなさいと云ったままのおにぎりが、ロッカーのなかに入れっぱなしにしていたなあと、申し訳ない日もありましたが、今日はまた別のいちにち、と自分にいいきかせていると、スーツに着替えた夫の、おい弁当は、と聴こえて、はあ、夫婦生活、ときゅうに三十歳の主婦の映像がとびこんでは、またわたしに戻ってを何回か繰り返したあと、ようやっと登校したのでした。

もより駅は東京のなかにあって、なまえがありませんでしたが、お祈りのじかんには、もう間に合わなさそうです。らららららら、メロディがなって、つうかする電車がやってくると、よくにあったリクルートスーツの女子大生が、涙はしろ色でした。条件をまっくろにして、はだかになった、それが涙になったのだということが、すぐにわかったのでした。らららららら、あぶない、叫んだ声が、すうっと電車のまえにとびこんで、なかったことになり、わたしたちは乗りました、しんしんと、降り積もっているね、シホがわたしの、かおの奥あたりを見ながら云いました。わたしにはみえないのです。

おはよー、至近距離で手をふりあう女子高生はくるっています。わたしもわたしで、敵など討ちたくなかったので、なんとかならないものかと、おはよー、と画面をみて、涙をながしていたのは、顔のない子でした。ワイヤレスのイヤホンは、ひとりになるためにある、つないだ音に、お母さんの優しさがしみる朝は何回目かわかりませんが、最後であることはたしかでした。はあ、雪、シホが窓の外をみながら云って、やっぱりわたしにはみえないのでした。

駅でおりると、ぞくぞくと、しろい涙でした。にくしみが、まだとうめい！コーチの声にバレないよう、スカート丈を、怒りながら、こらー、と響かせると、シホがまた、しんしんと、降り積もっているね、と云います。こんどはアカリもいっしょです。ダンスをしていたとき、うごいてはいけないところでうごいて、コーチにあかーくされてしまったのです。アカリ、ありがとね、つちのなかで送信したものが、忘れなかったそうです。

学校にあつまらなかったわたしたちは、主婦になりませんでした。坂道には、いない夫がいるというのに、わたしは誰の敵を討てばいいのでしょうか。降り積もっているね、うん、降り積もっている、丈の短い子たちが、あかーいふりをして、他校の男子とうらやましくもあり、辛そうな声もみえました。みずしらずではない気がしたのです。泣いていたひとりのことば、じかんで、屋上にならべたローファーを、むかし履いたシホが、しゃがみこんだわたしをのぞいて、うれしそうな顔が、なつかしかったのでした。

「シホ、わたしは誰の敵も討ちたくないよ、わたしはわたしで、いつまでも踊って、隣でいたいよ」

　つぶやくと、かおをみあわせました。したらばどっこいしょだね、シホがからりと云って、そろりそろりと、右足を大きくあげました。おなじうごきの、四十六人があたたかくて、わたしはなみだがとまりません。よいしょーというかけごえで、みんなが右足を地面にうちつけて、ものすごい地響きがしました。よいしょー、よいしょー、日向坂に、どこからかおっさんたちの声がこだまします、どしんどしんと、勇気がわいてきます。しんしんと降り積もっているね。シホも、アカリも、駅にいた彼女も、わたしの夫もいるのでした。あげたり、さげたり、坂をくだっていくと、これで最後だというとうめいな気持ちと、お母さんに申し訳ないなというのが、どうじにわいてきます。よいしょー、よいしょー、汗びっしょりになって、シホと顔をみあわせて、おもわず笑いました。そのときには既にわたしの目にも、なにかしろいものが、しんしんと降り積もるのが、はっきりとみえていたのでした。

明日

ひとりの最後を思うものもおり
スーツのまま勾配をくだるものの
まだその意思も固まらず
転びそうになりながら白い影が
動かすのがむずかしい予告を待ち
間を走り抜ける気がしている

明日はないのに明るいままであって

名前はどれも知らないと
教えたかったかもしれないことを考えて
架空のくさむらの過去から目で追った
かつてこの息が曇らせた眼鏡は
自宅の丸机の上に今は置いてあり
夏の間に茶色く汚れた
この服を褒めるほどの残像が
どこにも見つからないとき
書かれたままでポケットのなかに
さいごまで光ることがあって
鳴るかわからないものを迷っている
その姿がうつっていた

ほんの少しだけ忘れたくなかった

屋根のならびを憶えていたこと
たしかに父です
同じ速度でおもっていたので
もう形のないところにいるはずだった

大人の地層

1ミリでも地獄をみる手助けをする
どんなにわたしが真っ黒でも
真っ白でも紙幣の色は
一枚、二枚、三枚
額面どおり
伴って歩く大通り
肉を撮る、肉を上げる、肉を食う
生きている気がして死にたくなる

一枚、二枚、三枚
命を削る真似はお互いさまに思えて
わかんない、と啜って目は笑わない
みてほしい
見て欲しいから嘘をつく
嘘をつくからまた地獄を重ねる
手助けしようか
びゅんびゅんと届く太い声を聴いては
合っている、少なくとも間違っては
いないんだと思うけど足は震えてる
みつめるめとみつめないめがあって
イライラすんだよね
おくびにも出さずまた上げるやつ
いちまい、にまい

ぐっと噛み締めて唱えながら
そのときだけは死んでるみたい
固まったまま地層に組み込まれて
後の世の人に笑われる
やだなー、そんなの
でもまた出会う、大人で。
1ミリでも地獄をみる手助けをする
太さにまみれた声には意外と
生きている気配しかない
それだけを希望と見做してるから
削っても削ってもまた
額面通りを北に歩く
死にたいなんて口だけ
一枚、二枚、三枚

数え終わる前にここから出て行ってほしい

SSW《シンガソングライター》なんてきらいだ

一人きりでいられる能力がほしくて、夕方になるまで自転車をこいでいたけど、うそはつけない。てれくさい。ホントは川のにおいにとけていたい。窓ガラスをわりたくて、怪我をしたくない方が余裕で勝つ。でもそれを知っているのがわたしだけで、それがうざったい。やっぱりだれかに話しかけたいな。

手紙をかいたよなんて、音楽でしかいえないようなこと、平気でいえちゃうひとになりたい。じゃーん、中華鍋に野菜をいれる音、ギターをでたらめにひく音、だれもいない、わたしの音楽はだれも聴いていない。聴かせるためにつくってないなんて、つよがりを投稿して、スマホをベッドにぽんと捨てた。

いない心に寄り添って、いないきみに連絡をしたい。きみってだれなんだろう。いないことだけがわたしの支えで、いないことがわたしを揺らしている。水面にうつった白熱灯をお月さまと間違えて祈るくらいのまっすぐな道を、すすみながら

わたしは解体していく、きょうの日を無駄にくらして。元気だよって歌う顔がだれの心にもうつりませんように。ああ、きょうも誰かにかまってほしくて、なるべく分かりやすい夢をみる。「しばらくぶりにあったきみはなんだか少しだけ大人になって」だれもいないブロック塀に書きなぐった。馬鹿みたい。だからもっとやる。大丈夫、きっと一人になれる。「きみに会えない日々は胸がぎゅっといたくなって」地面にチョークで大きく書いた。もっとやれ。やってやれ。しゃがみこんだわたしをみんなが取り囲んで、わかるわかるとしくしく泣く音、それが山手通りの車の進路を塞いで、クラクションがなんども鳴らされる音。もっとや

れ。やってやれ。誰かにわかられてしまったら消えてしまうくせに。シンガーソングライターなんてきらいだ。

転がっていく

言葉がうまく搭載されていない、私たちの見当識の一致、不一致
どちらに転んでもいいように、保険をかけて、ほら、やっぱり転んだね
そうならないよう暮らしはじめて、スポンジの汚い部分とか
憎たらしいほどのため息が、私は数えている、たとえば今日は三回
なんだか分からない、愛なのか恋なのかどちらでもない、難易度の
これが夫婦生活です、えー、だってって、ほらまた見当識の一致、不一致
丸まって温まる深夜十時の酒くさい息、はいはい、十時は深夜じゃないとか
知ってます

だから安心してほしい、見つめなくてもいい、無理に掃除はしなくていい
同時に搭載されていなくても、憎たらしくなんとなく
転がっていけたらと、思っているのは

調子がいいときの話をしてもしかたない
野菜中心の生活はすぐにこわれる
だんだん同期してきたような、そうでもないような、雨がふれば傘
はいとでてくる、期待したってしかたない、期待してたころもあって
そんなお子様の俺を、どうしたいのか知らない
よくできたね、みたいな
林檎の区別みたいな言葉、案外わすれないんだって
なにもなくてもこわれない、それは逆に
なにかをすればこわれてしまうの？　ああ掃除中か

おひるのFMラジオでお便りがよみあげられて
　お、俺ひるからなにしてんだ
　　メンタルがしぬ、とかいってわらって
こっちはこっちで世界に囲まれて、いきてんだよ
それをぶつけて、こわしてしまわないために俺は、うまれてきた
　　　　　　　　　　　　　　　　　　　大げさだ

うとうとしすぎて季語のない家計簿をつける
裏返したままの靴下と、部屋の中をやんなるくらい見回すクセ
あなたと交代で不眠になれるのかな
未来を憂いて何故かネットフリックスを見てる
1話から、まじこれ何話まであるのさ7シーズンて
でも私は1話から始めたい、反対向いて寝てしまう前に言うのは呪いみたいだ

もう会っているのに、止めることができない古語を唱えて
消えないようにGmailのアカウントにも一応添付して、送っておくね
私なんてそのうちなくなるんでしょ、それでいいから

百年たっても飲み会の幹事は俺、たぶん、帰らないでいることで
ヒビ割れてきた画面に一瞬の反応がながれていく
バカかよ
キーボードを叩き続けることで忘れている俺カルシウム不足なのかな悲しい
むかしヤったあとよく肩をこうして、ああどっちだっけ、壁側にいれば右手で
そんな夜の記憶
おもいだしてしまう俺はバカかよですむ程度の人間、それすら考えてない

いつも仕事帰りは祈ってばかりの言葉だね、それじゃ文字が可哀想
油揚げと大根の味噌汁はお母さんがよく作ってくれた、刻む音、でもなにを?
雨がふっていると見当識があやふやになってくる、私の頭痛、そう
頭痛だってするさって、百年くらい言ってくれないから言って欲しい
夕方が憂鬱なのは、たんたんたんたんたん
刻む音で中断して涙を拭く
塵一つ気になってくると夜になる
あなたの咳、ひどくなるのはその頃からだ
ここから先まで無条件で持ち堪える
私の成熟をお母さん、みていますでしょうか
下書きフォルダに猛烈に書いていた

夜は通り魔にあいそうな気がして、結局ほっとすることになる、ドアの解錠

いいにおい、ハッピーエンドになりそうで不安になる
積み上げたらこわす、分からないでこわしていたらたぶんまたこわしていた
同期してきたような、そうでもないような、あ、また不安になる
メンタルがしぬ、前提でここにいるんだ
野菜中心はもうおわりになるからボロボロまでまっしぐら、やめとけって友人が
ひとり、ふたりとワゴン車でいなくなるときに残るのがこの味噌汁と
ハッピーエンド？
いつまでも丸まって、温まってはいられない
また通り魔だらけの夜にでていく
搭載された言葉は、同期していることにひとまずしようか
積み上げてきたものを、懸命などちらかがこわしてしまったとしても
転がっていくだけ、そんなの
大げさだ

片足

季節、いつだっけ。ふとわからなくなる。誰かが一人だけいなくなってしまうことについてかんがえていて、僕らは生協でかったパンをかじりながら図書館のまえのオブジェに腰掛けている。たすけること、たすけられなかったこと。おなかが痛くなる。僕の白衣だけ、新品だ。そのことについてかんがえないようにする。

作りおきのコロッケをレンジで解凍して、追追試の過去問をといているとき、電話があって知った。実習班はどこも七人なのに、学籍番号がうしろの僕らだけ六人班で、それも五人になる。今日から神経内科、レクチャーは二時から。きもちがのらないときは自転車に乗れば、うみまでは二分なのに、そんなことをするやつは誰もいない。

病院のなかをあるいていると医者にでもなった気がして誇らしくなる。でもまだ慣れないいな。看護師さんには邪魔者のようにあつかわれるし。レクチャーは時間きっかりにはじまる。身がはいらないのはいつものこと。だけど困ったときに答えをいってくれるやつが今日はいない、今日からはいない。学生さん、勉強してね、国試にでるよ。おきまりの言葉に、僕らは反射で照れ笑いをする。あいつは国試をうけないし、医者になることもない。

桜がそろそろ咲きそうだね、誰かがつぶやいて、ああ春なんだって。駐輪場の自転車が何十台も横倒しになっていて、風がつよいとしる。こんな時間から硬テのやつらがラケットをもってうろうろしていて、医学生というのはほんとうに適当だ。世間がみたらおどろくだろう。僕らは白衣をぬげばただの二十代なのだ。がやがやと授業のあいまに、誰々と誰々がつきあったとかわかれたとかいう話がきこえてくる。生協でアイスを買う。いつもと同じ日常が、同じように続いている。

僕もいつもと同じように、いきている。

先週の金曜、六人で外科のうちあげをした。なにかおかしかったところは、聞かれて何度も顔がうかぶけれど、動いている姿をもう再生できない。わすれないようにしようぜ。わかるよ、でもそう強く念じても、僕らはたぶんこのことをほとんど思い出さなくなって、ひとがしぬことがむしろ普通みたいな意味不明の日々を、ご飯を食べたり恋をしたりしながら平気でいきていくんだろう。そんな世界に片足をつっこんだまま、僕らはめいめいに部活がはじまるのを、目を閉じてまっている。

オレンジに流れていく

つぎは夕暮れ水洗所
夕暮れ水洗所です

「ぼくを待っている声がする夕暮れ水洗所」
借りてきた言葉だからちゃんと返さないといけない
原本をなくしても撮っておけばいい、簡単だ簡単なこと
できないやつには資格がないしどうなってもいい

省線電車に乗ってどこまでもいこう、さあ
一駅ごとに人がどかっと蹴り飛ばされて駅に転がる
閉まるドア、車掌さんがまだなかにいます！
叫んでも叫んでも、それが当たり前の時代になる
しってるのにまた次の駅にいく
どかっと蹴り飛ばされる
人々の顔はオレンジに照らされてなーんも見えん
なーんも見えんからなーんもないことにする

人なんかいなかった
はい、確かにいませんでした
まっとうな顔をして窓の外をみる、人なんて
どかっと蹴られた腰のあざ
整形いったらなんて心配してくれてありがとうけどさ

湿布だして頑張れっつって省線にまた乗る
どこまでも行きたくねえよどっかで
おろしてくれよと少年が泥だらけで泣いている
「泣いているんだ」

今のセリフまあまあウケるな
四人で覗き込んでなるべく残酷な未来を願う
ぶぶぶぶぶ、フードコートで順番をまつあいだ
ポテトができた、ほら、バーガーもできたろう
人ごとだから五十個くらいこいつらは食う

つぎは夕暮れ水洗所
夕暮れ水洗所です

混乱のなかで、皆が水場を求めている
車掌たちは隠し持った水筒をまわし飲みして
架空の駅へとひた走る馬鹿列車からときどき馬鹿を蹴り飛ばす
どうも、アイダホにつきましたよ
整形はいまごろ繁盛してるなおい
二枚舌で最後の一滴まで舐めとる

犬の溜まり場はもうとっくに日が暮れている
夕暮れ水洗所
日夜レトリバーがここでからだを丁寧に洗っていることは
言わなければ誰もしらない
ただ死ねとかいう貼り紙を順番にはがして
レトリバーはここで洗う
夕暮れがくるまでは日向に隠れていて

（ほんとうは隠れたくないけど）
（隠れなきゃいけない）
（それしかないんだね）
声は重なって涙をふいて去っていく
後ろはふりかえらない
ああ、
夕暮れ水洗所にかえりたい

省線の車窓から煤煙がとめどなく流入する
咳きこむふりをする女が声高くなにかをいう
つぎはお前が一生降りられなくなる
しっていて黙ったままでいた
ぼくにだって水がながれているのさ
トンネルをぬけて

かあっと光って顔がオレンジにそまる

信じる世界線

或る言葉を呟いたそばから意味を離れてしまい何も言えなくなったことがある。そのころ全ては身体であると僕の頭を撫でた者のことを信じてこれまでやってきた。

「海に行くには国道を通って」きみの言葉にうんざりしていた。きみのせいじゃない、僕の感覚の問題で、何度目かのお別れをする。一人で毎日海をめざしていたけれど、国道を避ければ道なき道を走るしかないから、いっそのことと、目にハチマキを結んで走りだした。小学四年生の運動会、知らぬ間にハチマキが緩んでいて、保護者席からビデオカメラを持った母さんが走り寄ってきて結んでくれた、その時のままに。

本物らしさはどこから来るのか？　それは人の言葉を喋らないことだと直感していて、当時は歩くたびに通行人を蹴っ飛ばした。或る日、僕の頭を撫でた人、それは南の方から聴こえて、これだと思った。僕だけに付与される言葉について考え、否定し、また考え、紙に書いたり、或るいは仲間と論争をすることだってあった。辛く苦しいこともまた修行であると言われ、その通りだと信じた。キャッチコピーだけで僕らは生きていくことはできない。手に掴める、口にすることのできる、味わうことができる言葉、それだけが本物だと繰り返し教わった。

「夏は人通りのない道を歩こう」目があったときに出会った。新しい思いで話す人に嫌われたくなくて僕は頑張った。あほみたいな言葉だ。夏は人通りのない道を歩く。簡単なことが、僕らには大切だった。言葉が簡単になっていってしまう。

正確にしようと試みれば、言葉は複雑にならざるをえない。そもそも壊れてしまうものだったから、正確にならないように、シンプルさを大切にしたのだ。

どこで間違えたのか、よく尋ねられるが、実はよく分からないのだ。間違いなく正しいと思っていたし、今でも全てが間違っているとは思わない。南の方から頭を撫でられ、自分の言葉で戦わせること、徹底して戦うこと、その場合、曖昧な態度は極力作らないことに決めていて、あの晩もそうだった。夜トイレに起きて、水を飲むふりをして僕は言葉を戦わせた。教わった通りに。やりきったのであれば、それで良い、南の方から頭を撫でられたときの感覚がまだ残っている。

朝になって全てはなくなっていた。信じたものは信じるべきではないものになっていた。別の世界線を生きていた。僕らも正直だったが、それは相手が正直ではないということの証左ではないのだ。表明してしまった以上、僕には引き返すことはできなかった。僕は言葉を自分で奪い、身体の感覚を奪った。南の方から頭を撫でる者はもういないらしくて、その不在のなかに生きていた。そして投げつけられるもの。家族にも迷惑がかかるだろう。ばかばかばーかと何度言われたかしれないが、本当に馬鹿ではないのだ。信じるということは、馬鹿であることとは違うだろう。狭い部屋のなか、隣人の寝言が沁み入る。こんやはよく冷える。

「人生のロードマップ」などというものを広げてここはどこ、あそこはどれ、と説明する人間を、やっぱり僕は信用できない。人の言葉を喋らないことに本物が宿る、そこは今でも信じているが、翻って僕はどうなのだろう。人の言葉でしか何かを語れない僕がここにはいる。人の言葉を話す者をバケモノ呼ばわりして、そこから外れたい人間がよく話す言葉のうちに苦悩しているにすぎないのだ。ばかばかばーか、今ではよくわかる。僕たちは皆ばかばかばかばーかなのだ。既知感とばかばかばーかのコールアンドレスポンスの狭間にいて、僕だけの言葉を生み出そうとしていることは全然尊くないばかの所業である。ただばかの所業をばかばかばーかと言われながら、たった一人でやっていく。それしかないのだと思わざるを得ないこの感傷を、写真にしたら映えるだろうなどと僅かでも思った僕を埋めてやりたい。

或る言葉を呟いたそばから意味を離れてしまい何も言えなくなったことがある。そのころ全ては身体であると僕の頭を撫でた者のことを信じてこれまでやってきた。

銀河教室

発明をした、つもりでいた。深淵を覗きこむには、傾くことを恐れずにコップに注いだ水に入射していくことが大切だとあなたは云った。わっとみんなで代わる代わる掘った穴。この場合、銀河系ではですね。つぶやいては一度もなされずに終わった授業、また会いたい。きいてください、僕はお医者さんになって、発明をしたんです。それをつたえたくて。

あのとき花束を抱えて坂道を下ったことを覚えていますか。上ることがないのは性格の問題でしょう、言い当てられてしまって何度も眺めたストーリー。好きな人ができた。それは蚊みたいな子で、色がついたら壊れてしまうだろうと勝手に思い込んで、住宅街のみせで無色の花を選んでもらう。ぱっぱと花を束ねる習慣的な仕草には、こちらの心が宿る余地が技術的につくられていた。

トリックアートのなかにいるみたい、くすぐられるような言葉をうけて、浅瀬でみずを掛け合うようなことばかりに興じていた。あなたが聴いたら顔をしかめるでしょう。お医者さんがすきだから付き合ってくださいと素直に言われて、こちらだって美人がすきだからすきなだけですと伝えた。鏡文字で話すお遊戯会、いつか子どもにこんなことをさせてしまう前に、僕だってあなたにならないといけない、あなたは笑うだろうけど。

銀河のなかには無数の星があります。あなたに教わった人は多いけど、それを云ったのはたぶんNHKで、教わっていないと確信できる事柄もある。チョークで板書をする音、日付と学番で当てていくときの声、そんな授業はなされてないけど、よるになるまでの間だけ、銀河を共有した記憶が残っている。車掌が笛を吹いて、雪のつもるしらない田舎の駅に僕はいまとりのこされています。

くやしいことがたくさんある。視界に入る範囲の生き物をつないで星雲をつくっていくような泳ぎ方で夜になるひともいて、そうではないと云い張ること自体が夜をつくれない証拠を重ねていくみたいだ。果てがないものですので、いきものを見つけたり、死んでいることを考えたりしないでいいのではないでしょうか、捏造の記憶かもしれないけれど、まだ残っているんです。

誰もいなくたって、銀河であることに気がつければそこは銀河教室だ。こうして何者でもなくなってしまったけれども、僕は銀河のなかにいる。先生、発明をしたんです。会いにいく口実でいい。うそでもいい。あなたが教えてくれたと僕が思い込んでいる銀河のなかであなたに会いにいくため、僕はとんでもない発明をしでかしたんです。手で触ったり、言葉にしようとすれば、跡形もなくなるようなものだけを頼りに泳いでいくための、この大きくも小さくもない、強くも弱くもない、ふつうとしかいいようのないものを土産に、あなたにどこかで巡りあえるのを、僕はいつだって心待ちにしているんです。

*

Sauve qui peut

この船も愈々いけないらしい。乗客たちが逃げ出す準備を始めているのだ。私は船員として勤めていたものだから、如何なるときもお客様に動揺した態度は見せないようにしないといけないと教わった。

「早く船から降りるわけにはいかないのだろうか。」

「ここで得た情報は金になるだろうか。配信という手段もある。」

「四の五の云わずに眠っていればいいんだ。どうしようもない。」

口々に乗客達が思ったことを口にすると、応えるように真っ黒な海がびかびかと光った。

海に光の文字が点滅していた。仏語のようだったが、誰も仏語を解さなかったので、黙って見ているより他なかった。甲板にどかどかと乗客が集まって、皆で揃って海を見つめていると、次第に文字がふらふらと横揺れをしたり、此方に向かって迫り出してくるようにも見えて、厭な気持がした。ざわざわと人混みが議論をして、俄かにあの文字は砂金じゃないかという者が出てきた。そんなことあの文字に聞かれたらどうなるか知れないと思ったが、文字が言葉を理解すると云うこともないだろうと思い直し、それでも落ち着かない気持だった。

「そらッ」

最初の一人が海に飛び込むと、初めは様子をみていた乗客も一人、二人と真黒な海に飛び込んだ。

「そらみろ、砂金だぞ」

「砂金だァ」

男達が、光る文字を海面から掬い上げてこちらに掲げて見せたので、今迄様子を見ていた乗客たちも競うように海に飛び込み始めた。私も飛び込んで砂金が欲しいような気がしてきたが、船員としての務めを果たさないといけないと思い、浮かんでくる邪なことを考えないようにした。

「ねえ、飛び込んでみましょうよ。」

いつの間にいたのか、見たことのない女が隣に立って私と手を繋いでいる。女は私を知っているらしい。

「ねえ、早く飛び込みましょうよ、屹度楽しいわよ。」

船員だからとか、無闇に飛び込んで怪我をしてもよくないとか、様様な理由を述べて断るのだが、女は薄く笑っている。そんな女が、どういうわけか少し可愛く見えてきた。

「ねえ、死んで仕舞いさえしなければ、どんな著しい障害も軽傷に過ぎないって言葉もあるのよ、さあ怖がらないで飛び込みましょう。さあさあ。」

迷っていると、煩かったからか、副船長がドアを開けて甲板に出てきた。その姿を見ると女はぱっと私の手を放して海にどぼんと飛び込んで仕舞ったので、私は副船長が恨めしいような気がした。

「何があった。」

「はい、ただいま海面に仏語が出現し、それが砂金であったので乗客の皆様が飛び込まれて、砂金の収穫をしている所であります。」

「そんなことがあるかっ」

突然副船長が大きな声を出して走り出したので驚いた。そして、海面を覗き込んだ後、私の方をみて、諭すような低い声で云った。

「よく見てみなさい。これは人間シャントですよ。」

確かに乗客と乗客が手を繋いで海面を泳いでいるようにもみえるが、よく見ると手と手は本当に溶けて繋がって仕舞っており、人ではないと判った。

てんてろてろりらてんてろてろりらてんてろてろりらてんてろてろりらてろり

らてろりらてんてろてろりらてんてろてろりらてんてろてろ
りらてんてろてろりらてろりらてんてろてろりらてんてろてろりらて
んてろてろりらてんてろてろりらてんてろてろりらてろりらてんてろ
てろりら

単に海面が揺れる音と思って聴いていた音が、次第に輪郭がはっきりした音楽に聴こえてくるように思われた。この曲を何処かで聴いたような気がするけど、実際はどうだか判らない。

「おいみてみろ、これからは気をつけろ。」

副船長が指差した先では、乗客たちが不自然な笑顔を浮かべながら音楽に合わせて陣形を変え、手をあげたり足をあげたり水に潜ったりしている。こんな恐ろしいものを何時迄も見てはいられない。大変なことになったと思ったが、副船長は怒って戻って仕舞ったので、頼る人がもういない。まだ人間シャントになっていない人人に、早く水から上がるよう色色な身振りをするが、瞳が虚ろで、視界に這入っている筈なのだが、誰も気づかない。もう脳髄も侵されているのだろうか。

Sauve qui peut

放ったらかしにされているうちに、仏語の文字は散らばった砂金から元の状態に復元して、変わらずにぴかぴかと光っている。これ以上飛び込む人を増やしてはいけない。振り返ると、甲板にいる乗客までもが人間シャントになって仕舞い、手を繋いで踊っている。

てんてろてろりらてんてろてろりらてんてろてろりらてんてろてろりらてろりらてろりらてんてろてろりらてんてろてろりらてんてろてろりらてんてろてろりらてんてろてろりらてろりらてろりらてんてろてろりらてんてろてろりらてんてろてろりらてんてろてろりらてんてろてろりらてろりらてろりらてんてろ

みるみるうちに踊りは派手になり、床に頭をつけて回転したり、足を高く上げた状態で止まったりする者が出てくる。その動きが音楽の調子に合わせて止まったり動いたりするものだから、段段面白くなってきた。

「さあ、いらっしゃい。一緒にこの愉快な日々を寿ぎましょう。」

海中でなければ、溺れる心配もないし、副船長になにか云われたら業務の一貫と主張することもできる。一番近くにいた女の人間シャントに触れようとすると、急に大きな声が船内放送で流れた。

「やめろ、これ以上この船で好き勝手は許さない。」

はっとした瞬間に腰が砕けた。海中の船長の声であった。船は真っ暗である。

音楽が止んで、波の音だけが聴こえていた。

「もう十分にやってくれた、生き延びよ。」

船長が云うと、海面の文字からびかびかと光線が発射して、音もなく空を包んだ。無性に悲しい気持ちが込み上げてきた。結局何もできなかったと思った。なんの時間なのか判らない間が暫く続いて、扉が開いたままの船室から誤って闖入してきた掃除ロボットが、障害物のない甲板の上を一直線に進み海へと落ちた。

生き延びよ。

いつの間にか港が目の前に迫っており、人間に戻った乗客たちは遠泳大会の中学生のように一列に泳いで港を目指している。もう船員としての務めを果たさなくて良いと思った時から、ぼたぼたと涙が落ちてきて止まらない。私のものであるような、そうではないような誰かの記憶が懐かしく思い出されて、本当はあのときも船長のこの言葉を待っていたのだと漸く判った。

悪意《あくい》Q47《キューフォーティーセブン》

著者
尾久守侑《おぎゅうかみゆ》

発行者
小田久郎

発行所
株式会社 思潮社
〒一六二―〇八四二 東京都新宿区市谷砂土原町三―十五
電話〇三（五八〇五）七五〇一（営業）
〇三（三二六七）八一四一（編集）

印刷・製本所
創栄図書印刷株式会社

発行日
二〇二〇年九月一日